KB185726

素月, 金廷湜 著

진달내꼿

진달내꼿 目次

님에게

진달내꼿

꽃燭불 켜는밤

金잔듸

님
에
게

먼 後日

먼 훗날 당신이 차즈시면

그쌔에 내말이 『니젓노라』

당신이 속으로나무리면

『뭇쳐그리다가 니젓노라』

그래도 당신이 나무리면

『밋기지안아서 니젓노라』

오늘도어제도 안이닛고

먼 훗날 그쌔에 『니젓노라』

풀 따 기

우리집 뒷山에는　풀이 푸르고
숲사이의 시냇물,　모래바닥은
파알한 풀그림자,　떠서 흘너요.

그립은 우리님은　어듸게신고。
날마다　피여나는　우리님 생각。
날마다　뒷山에　홀로안자서
날마다　풀을 짜서　물에 던져요。

흘러가는 시내의　물에 흘너서
내여던진 풀닙픈　엇게 써갈제

물쌀이　해적해적　품을헤쳐요.

그립은우리님은　어듸게신고.
가엽는이내속을　둘곳업섯서
날마다　풀을짜서　물에던지고
흘녀가는님피나　맘해보아요.

바 다

뛰노는흰물셜이 닐고 쏘잣는

붉은풀이 자라는바다는 어듸

사랑노래 불으는바다는 어듸

고기잡이순들이 배우에안자

져녁놀 스러지는바다는 어듸

파릿케 죠히물든藍빗하늘에

곳업시쩌다니는 눍은물새가

쎄를지어 좃니는바다는 어듸

건너서서 저便은 션나라이라

가고십픈 그립운바다는 어되

山 우 헤

山우헤을나섯서　바라다보면
가루막킨바다를　마주건너서
님게시는마을이　내눈압프로
꿈하눌　하눌가치　쩌오릅니다

흰모래　모래빗긴船倉씨에는
한가한배노래가　멀니자즈며
날점을고　안개는　깁피덥퍼서
흐러지는물ㅅ싼　안득입니다

이윽고　밤어둡는물새가　울면

물썰조차　하나둘　배는떠나서
저멀니　한바다로　아주바다로
마치　가랑닙가치　떠나갑니다

님게신窓아래로　가는물노래
귀기울고　솔곳이　엿듯노라면
아츰해　붉은볏헤　몸을씻츠며
나는　혼자山에서　밤을새우고

흔들어쌔우치는　물노래에는
내님이놀나　니러차즈신대도
내몸은　山우헤서　그山우헤서
고히깁피　잠드러　다　모릅니다

옛 니 야 기

고요하고 어둡운밤이오면은
어스러한 灯불에 밤이오면은
외롬음에 압픔에 다만혼자서
하염업는눈물에 저는 웁니다

제한몸도 예전엔 눈물모르고
죠그만한世上을 보냇습니다
그째는 지낸날의 옛니야기도
아못서름모르고 외왓습니다

그런데 우리님이 가신뒤에는

아주　저를바리고　가신뒤에는

前날에　제게잇든　모든것들이

가지가지업서지고　마랏습니다

그러나　그한째에　의와두엇든

옛니야기뿐만은　남앗습니다

나날이짓러가는　옛니야기는

부질업시　제몸을　을녀줍니다

님 의 노 래

그립은우리님의 맑은노래는
언제나 제가슴에 저저잇서요

진날을 門박게서 섯서드러도
그립은우리님의 고흔노래는
해지고 져무도록 귀에들녀요
밤들고 잡드도록 귀에들녀요

고히도흔들니는 노래가락에
내잠은 그만이나 깁피드러요
孤寂한잠자리에 홀로누어도

내잠은 포스근히 깁피드러요

그러나 자다쎄면 님의노래는
하나도 남김업시 일허바려요
드르면듯는대로 님의노래는
하나도 남김업시 닛고마라요

失題

동무들 보십시오 해가집니다
해지고 오늘날은 가 노랍니다
웃옷을 잽시빨니 닙으십시오
우리도 山마루로 올나갑시다

동무들 보십시오 해가집니다
세상의모든것은 빗치납니다
인저는 주춤주춤 어둡습니다
예서머 저믄째를 밤이랍니다

동무들 보십시오 밤이웁니다

박쥐가 발쌕리에 나려납니다

두눈을 인제구만 감우십시오

우리도 골짝이로 나려갑시다

님 의 말 슴

세월이　물과가치　흐른두달은
길어둔독엣물도　씨엇지마는
가면서　함께가쟈하든말슴은
살아서　살을맛는표적이외다

봄물은　봄이되면　도다나지만
나무는밋그루를썩근셈이요
새라면　두죽지가　傷한셈이라
내몸에　솟칠날은　다시업구나

밤마다　닭소래라　날이첫時면

당신의 넉마지로 나가볼째요

그믐에 지는달이 山에걸니면

당신의길신가리 차릴째외다

세월은 물과가치 흘너가지만

가면서 함께가쟈 하든말슴은

당신을 아주닛든 말슴이지만

죽기前 쏘못니즐 말슴이외다

님 에 게

한쌔는　만흔날을　당신생각에
밤새지　새움일도　업지안치만
아직도　째마다는　당신생각에
축업은　벼개새의쑴은　잇지만

낫모를　선세상의　네길쩌리에
애달피　날져무는　갓스물이요
캄캄한　어둡은밤　들에헤메도
당신은　니저바린　서름이외다

당신을　생각하면　지금이라도
비오는　모래밧테　오는눈물의

축업은 벼개싸의꿈은 잇지만
당신은 니저바린 서름이외다

마른 江두덕에서

서리마즌　닙들만　쌔을지라도
그밋틔야　江물의자추　안이랴
닙새우헤　밤마다　우는달빗치
흘녀가든　江물의자추　안이랴

쌀내 소래　물소래　仙女의 노래
물싯치든　돌우헨　물쌔뿐이라
물쌔무든　조악돌　마른갈숩피
이제라고　江물의러야　안이랴

쌀내소래　물소래　仙女의 노래
물싯치든　돌우헨　물쌔뿐이라

봄

밤

봄 밤

실버드나무의 검으스럿한머리결인 닭은가지에

제비의 넓은깃나래의 紺色치마에

술집의 窓녑페、보아라、봄이 안잣지안는가。

소리도업시 바람은불며、울며、한숨지워라

아무런줄도업시 설고 그립운색캄한 봄밤

보드랍은 濕氣는 써돌며 쌍을덥퍼라。

밤

홀로잠들기가　참말　외롭아요

맘에는　사뭇차도록　그립어와요

이리도무던이

아주　얼굴조차　니칠듯해요。

발서　해가지고　어둡는대요,

이곳은　仁川에濟物浦、이름난곳、

부슬부슬　오는비에　밤이더되고

바다바람이　칩기만합니다。

다만고요히　누어드르면

다만고요히　누어드르면

하이얏케 밀어드는 봄밀물이

눈압플 가루막고 흘늑길샌이야요。

꿈꾼그옛날

박게는 눈、눈이 와라、
고요히 窓아래로는 달빗치드리라。
어스름타고서 오신그女子는
내쑴의 품속으로 드러와안겨라。

나의벼개는 눈물로 함썩히 저젓서라。
그만그女子는 가고마랏느냐。
다만 고요한새벽、별그림자하나가
窓틈을 엿보아라。

꿈으로 오는 한사람

나 히 차라지면서 가지게되엿노라

숨어잇든 한사람이, 언제나 나의,

다시깁픈 잠속의꿈으로 와라

붉으렷한 얼골에 가늣한손가락의,

모르는듯한 擧動도 前날의모양대로

그는 야저시 나의팔우헤 누어라

그러나, 그래도 그러나!

말할 아무것이 다시업는가!

그냥 먹먹할섚, 그대로

그는 니러라。닭의 홰치는소래。

쌔여서도 늘, 길써리엿사람을

밝은대낫에 빗보고는 하노라

두

사

람

눈 오 는 저 녁

바람자는 이저녁
흰눈은 퍼붓는데
무엇하고 게시노
가른저녁 수年은… ……

쑴이라도 쒸면은!
잠들면 맛날넌가。
니젓든 그사람은
흰눈라고 오시네。

저녁새。흰눈은 퍼부어라。

紫朱구름

물고흔　紫朱구름,
하눌은　개여오네。
밤중에　몰내　온눈
솔숲페　쏫픠엿네。

아츰벗　빗나는데
알알이　쮜노는눈
밤새에　지난일은……
다닛고　바라보네。

움직어리는　紫朱구름。

두 사 람

흰눈은 한닙
또 한닙
嶺기슭을 덥플째。
집신에 감발하고 길십매고
웃둑 니러나면서 도라서도……
다시금 또 보이는,
다시금 또 보이는。

닭 소 래

그대만 업게되면
가슴뛰노는 닭소래 늘 드러랑。

밤은 아주 새여올째
잠은 아주 다라날째

꿈은 이루기어려워라。

저리고 압플이어
살기가 왜 이리 고달프냐。

새벽그림자 散亂한들플우흘

혼자서　건일어랑

못 니 저

못니저 생각이 나겟지요,
그런대로 한세상지내시구려,
사노라면 니칠날잇스리다。

못니저 생각이 나겟지요,
그런대로 세월만 가라시구려,
못니저도 더러는 니처오리다。

그러나 쏘한긋 이럿치요,
「그립어살틀히 못닛는데,
어쎄면 생각이 쎠지나요?」

예전엔 밋처 몰낫섯요

봄가을 업시 밤마다 돗는달도
「예전엔 밋처 몰낫서요。」

이럿케 사뭇차게 그려울줄도
「예전엔 밋처 몰낫서요。」

달이 암만밝아도 쳐다볼줄을
「예전엔 밋처 몰낫서요。」

이제금 저달이 서름인줄은
「예전엔 밋처 몰낫서요。」

자나쌔나 안즈나서나

자나쌔나　안즈나서나
그림자갓튼　벗하나이　내게　잇섯슴니다。

그러나、우리는　얼마나　만혼세월을
쓸데업는　피롭음으로만　보내엿겟슴니싸!

오늘은　쏘다시、당신의가슴속、속모를곳을
울면서　나는　취저어바리고　쩌납니다그려。

허수한맘、둘곳업는心事에　쓰라린가슴은
그것이　사랑、사랑이든줄이　아니도닛침니다。

해가 山마루에 저므러도

해가 山 마루에 저므러도
내게두고는 당신째문에 저믑니다.

해가 山마루에 올나와도
내게두고는 당신째문에 밝은아츰이라고 할것입니다.

짱이 써저도 하늘이 문허저도
내게두고는 쏫써지모두다 당신째문에 잇습니다.

다시는, 나의 이러한맘쏜운, 쌔가되면,
그림자갓치 당신한테로 가우리다.

오오, 나의愛人이엇든 당신이어。

나의 金億씨에게.

無主空山

素月

꿈

닭개즘생조차도　꿈이잇다고
니르는말이야　잇지안은가,
그러하다、봄날은꿈쓸째。
내몸에야　꿈이나잇스랴、
아아　내세상의꿈티어、
나는　꿈이그립어、꿈이그립어。

맘켱기는 날

오실날
아니 오시는사람!
오시는것갓게도
맘켱기는날!
어느덧 해도지고 날이져므네!

하 눌 싯

불연듯
집을나서 山을치다라
바다를 내다보는 나의 身勢여!
배는써나 하눌로 싯글가누나!

개 아 미

진달내 옷치퓌고
바람은 버들가지에서 울쌔,
개아미는
허리가 늣한 개아미는
봄날의 한나절, 오늘하루도
고달피 부주런히 집을지어라。

제 비

하눌로 나라다니는 제비의몸으로도
一定한깃을 두고 도라오거든!
어찌설지안으랴, 집도업는몸이야!

부 헝 새

간밤에
뒷窓밖게
부헝새가와서 울더니,

하로를 바다우헤 구름이캄캄
오늘도 해못보고 날이저므네。

萬 里 城

긴萬里城!

싸핫다　허릿다

온하로밤!

밤마다　밤마다

樹 芽

설다해도
웬만한、
봄이안이어、
나무도 가지마다   눈을터서라!

한
새
한
새

담 배

나의 진한술을 동무하는
못닛게 생각나는 나의담배!
來歷을니저바린 옛時節에
낫다가 새엄시 몸이가신
아씨님무덤우의 풀이라고
말하는사람도 보앗서라。
어물어물눈압페 스러지는검은煙氣、
다만 타붓고 업서지는불꼿。
아 나의피롭은 이맘이어。
나의하욤업시 쓸쓸한만흔날은
녀와한가지로 지나가라。

失 題

이 가람 파져 가람이 모두쳐흘너

그 무엇을 뜻하는고?

미덥음을모르는 당신의맘

죽은드시 어둡은깁픈골의

써림축한피롭은 몸쓸꿈의

파르죽죽한불길은 흐르지만

더듬기에짓치운 두손길은

부러가는바람에 식키셔요

밟고흐젓한　보름달이

새벽의혼들니는　물노래로

수접음에첩음에　숨을드시

썰고잇는물밋튼　여귀외다。

미덥움을모르는　당신의맘

져山파이山이　마주섯서

그무엇을　뜻하는고？

어 버 이

잘살며못살며　할일이안이라

죽지못해산다는　말이잇나니,

바이죽지못할것도　안이지마는

금년에열네살、아들딸이　잇섯서

순복에아부님은　못하노란다。

父母

落葉이   우수수   써러질째,
겨울의   기나긴밤,
어머님하고   둘이안자
옛니야기   드러라。

나는어쩨면   생겨나와
이니야기   듯는가?
뭇지도마라라、來日날에
내가父母되여서   알아보랴?

후　살　이

홀로된 그 女子
近日에 와서는　후살이간다　하여라.
그러치 안으랴、 그 사람 써나서
이제 十年、 저 혼자　더　살은 오늘날에　와서야
모두 다 그럴듯한　사람 사는 일레요。

니 젓 든 맘

집을쩌나　먼　저곳에

외로히도　단니든　내心事를!

바람부러　봄꽃치　필째에는,

어째라　그대는　쏘왓는가,

저도닛고나니　저모르든그대

어찌하야　옛날의쑴조차　함께오는가。

쓸데도업시　서럽게만　오고가는맘。

봄 비

어룰업시지는샛촌 가는봄인데

어룰업시오는비에 봄은우러라。

서럽다、이나의가슴속에는!

보라、 놉픈구름 나무의푸릇한가지。

그러나 해느즈니 어스름인가。

애달피고흔비는 그어오지만

내몸은샛자리에 주저안자 우노라。

비 단 안 개

눈들에 비단안개에 둘니울째、
그째는 참아 닛지못할째러라。
맛나서 울든째도 그런날이오、
그리워 밋친날도 그런째러라。

눈들에 비단안개에 둘니울째、
그째는 흘록숨은 못살째러라。
눈풀니는가지에 당치마귀로
젊은게집목매고 달닐째러라。

눈들에 비단안개에 둘니울째、

그때는　종달새　소슬때러라。

들에랴、　바다에랴、　하늘에서랴、

아지못할무엇에　醉할때러라。

눈들에　비단안개에　둘니울때、

그때는　참아　닛지못할때러라。

첫사랑잇든때도　그런날이오

영리별잇든날도　그런때러라。

記 憶

달아래 씨멋업시 섯든 그女子,

서잇든그女子의 햇숙한얼골,

햇숙한그얼골 적이파릇함。

다시금 실벗듯한 가지아래서

식컴은머리씰은 번썩어리며。

다시금 하로밤의식는江물을

平壤의긴단장은 숫고가든째。

오오 그씨멋업시 섯든女子여!

그립다 그한밤을 내게갓갑든

그대여 숨이깁든 그한동안을

슬픔에　구엽음에　다시사랑의

눈물에　우리몸이　맛기웟든째。

다시금　고지낙한 城박골목의

四月의 느저가는　썬눈의밤을

한두個灯불빗촌　우러새든째。

오오　그씨멋업시　섯든女子여！

愛　慕

왜안이　오시나요。
暎窓에는　달빗、梅花곷치
그림자는　散亂히　휘젓는데。
아이。눈　싹감고　요대로　잠을들자。

저멀니　들니는것！
봄철의　밀물소래
물나라의玲瓏한九重宮闕、宮闕의오요한곳、
잠못드는龍女의춤과노래、봄철의밀물소래。

어둡은가슴속의　구석구석‥ ……

환연한 거울속에, 봄구름잠긴곳에,

소솔비나리며, 달무리둘녀라。

이대도록 왜안이 오시나요。왜안이 오시나요。

몹 쓸 꿈

봄새벽의몹쓸꿈
새고나면!
울짓는가막새치,
너희들은 눈에 무엇이보이느냐。

봄철의죠흔세벽, 풀이슬 매쳤서라。
볼지어다, 歲月은 도모지便安한데,
두새업는 저가마귀, 새들게 울짓는 저새치야,
나의凶한꿈보이느냐?

고요히쏘봄바람은 봄의빈들을 지나가며,

이윽고 동산에서는 잎닢들이 흩어질째,

말드러라, 애틋한 이 女子야, 사랑의째문에는

모두다 사납은 兆朕인듯, 가슬을 뒤노아라。

그를꿈꾼밤

야밤중、불빛치밝하게
어렴프시　보여라。

들니는듯、마는듯、
발자국소래。
스러저가는　발자국소래。

아무리 혼자누어 몸을뒤재도
일허바린잠은 다시안와라。

야밤중、불빛치밝하게
어렴프시보여라。

女子의냄새

푸른구름의옷닙은 달의냄새.
붉은구름의옷닙은 해의냄새.
안이、 땀냄새、 째무든냄새、
비에마자 축업은살과 옷냄새.

푸른바다⋯⋯어즈리는배⋯⋯
보드랍은그립은 엇든목슴의
조고마한푸롯한 그무러진靈
어우러져빗기는 살의아우성⋯⋯

다시는葬死지나간 술속엣냄새.

幽靈실은널쒸는　배싼엣범새。

생고기의　바다의범새。

느즌봄의　하늘을쩌도는범새。

모래두던바람은　그물안개를　불고

먼거리의불빗촌　달저녁을우려라。

범새만흔　그몸이좃습니다。

범새만흔　그몸이좃습니다。

粉 얼 골

불빗헤써 오르는 샛보얀얼골、
그얼골이보내는 호젓한냄새、
오고가는입술의 주고밧는盞、
가느스럼한손셜은 아르대여라。

검으스러하면서도 붉으스러한
어렵풋하면서도 다시分明한
줄그늘우헤 그대의목노리、
달빗치 수풀우흘 써흐르는가。

그대하고 나하고 쓰는 그게집

밤에 노는 세 사람, 밤의 세 사람,

다시금 술잔우의 진봄밤은

소래도 업시 窓박그로 새여빠져라

안 해 몸

들고나는 밀물에
배써나간자리야 잇스랴。
어질은안해인 남의몸인그대요
『아주、엄마엄마라고 불녀우기前에。』

굴쑥이기에 烟氣가나고
돌바우안이기에 좀이 드러랴。
젊으나 젊으신 청하눌인그대요、
『착한일하신분네는 天堂가옵시리라。』

서 울 밤

붉은 電灯。

푸른 電灯。

넓다란 거리면　푸른 電灯。

막다른 골목이면　붉은 電灯。

電灯은반짝입니다。

電灯은그무립니다。

電灯은　쓰다시　어스렷합니다。

電灯은　죽은듯한긴밤을　직힙니다

나의가슴의　속모를곳의

어둡고밝은　그속에서도

붉은電灯이　흐득여웁니다、

푸른灯電이　흐득여웁니다。

붉은電灯。

푸른電灯。

머나먼밤하늘은　새캄합니다。

머나먼밤하늘은　색캄합니다。

서울거리가　죠타고해요、

서울밤이　죠타고해요。

붉은電灯。

푸른電灯。

나의가슴의　속모를곳의

프른電灯은　孤寂합니다。

붉은電灯은孤寂합니다。

半

달

가을아츰에

엇득한괴스럿한 하늘아래서
灰色의집웅들은 번쩍어리며,
성긧한섭나무의 드믄수풀을
바람은 오다가다 울며맛날째,
보일낙말낙하는 멧골에서는
안개가 어스러히 흘녀싸혀라。

아아 이는 찬비온 새벽이러라。
냇물도 닙새아래 어러붓누나。
눈물에쌔여 오는모든記憶은
피흘닌傷處조차 아직새롭은

가 주난아기갓치 울며서두는
내 靈을 에워싸고 속살거려라。

『그대의가슴속이 가뷔엽든날
그립은그한째는 언제여섯노!』
아아어루만지는 고흔그소래
쓸아 린가슴에서속살거리는、
밉음도 부꾸럼도 니즌소래에、
꼿업시 하염업시 나는 우러라。

가을저녁에

물은 희고길구나, 하눌보다도。
구름은 붉구나, 해보다도。
서럽다、 놉파가는 긴들꼿데
나는 써돌며울며 생각한다、 그대를。

그늘깁퍼 오르는발압프로
숫업시 나아가는길은 압프로。
키놉픈나무아래로、물마을은
성긋한가지가지 새로써울은다。

그누가 온다고한 言約도 업것마는!

기다려 볼사람도 엊것마는-
나는 오히려 못물싸을 싸고쩌돈다。
그못물로는 늘이 자즐쌔。

牛 달

희멀씀하여 써돈다、하늘우혜、
빗죽은牛달이 언제 올낫나!
바람은 나온다·저녁은 칩구나、
흰물새엔 쑤렷이 해가 드누나。

어둑컴컴한 풀업는들은
찬안개우흐로 써흐른다。
아、겨울은 깁펏다、내몸에는、
가슴이 문허저나려안는 이서름아!

가는님은 가슴엣사랑쌔지 업세고가

젊음은 늙음으로 밧구여든다。

들가시나무의 밤드는 검은가지

닙새들만 저녁빗헤 희그무려히 웃지듯한다。

귀
뚜
람
이

맛나려는 心思

저녁해는 지고서 어스름의길,

저먼山엔 어두워 일허진구름,

맛나려는십사는 웬셈일싸요,

그사람이야 올길바이업는데,

발길은 누마중을 가잔말이냐.

하눌엔 달오르며 우는기럭기.

옛 낫

생각의 솟데는　조름이　오고
그립음의 솟데는　니즘이　오나니,
그대여, 말을마러라, 이後부터,
우리는　옛낫업는서름을　모르리。

깁퍼밋든 心誠

깁퍼밋든心誠이 荒凉한 내가슴속에、

오고가는 두서너 舊友를 보면서하는말이

「인저는、 당신네들도 다 쓸데업구려!」

꿈

꿈? 靈의해적임。 서름의 故鄕。

울쟈, 내사랑, 꼿지고 저므는봄。

님 과 벗

벗은　서름에서　반갑고

님은　사랑에서　죠와라。

쌀기꼿피여서　香氣롭은째를

苦椒의　붉은열매　니어가는밤을

그대여、부르라、나는　마시리。

紙鳶

午后의네길거리　해가 드렷다,

市井의　첫겨울의寂寞함이어,

우둑키　문어구에　혼자섯스면,

흰눈의 닙사귀、紙鳶이　뜬다。

오시는 눈

쌍우헤 쌔하얏케 오시는눈.

기다리는날에는 오시는눈.

오늘도 저안온날 오시는눈.

저녁불 켤째마다 오시는눈.

셔름의뎅이

쑤러안자 울니는 香爐의香불。

내가슴에 죠고만서름의덩이。

초닷새달그늘에 빗물이 윤다。

내가슴에 죠고만 서름의덩이。

樂 天

살기에 이러한세상이라고

맘을 그렷케나 먹어야지、

살기에 이러한세상이라고、

옷지고 넙진가지에 바람이 운다。

바 람 과 봄

봄에　부는바람、　바람부는봄、
적은가지흔들니는　부는봄바람、
내가슴흔들니는바람、부는봄、
봄이라　바람이라　이내몸에는
꽃치라　술盞이라하며　우노라。

눈

새하얀흰눈, 가븨얍게밟을눈,

재갓타서 날닐듯써질듯한눈,

바람엔 흣터저도 불셀에야 녹을눈。

게집의마음。 님의마음。

깊고 깊픈 언약

몹쓸은꿈을 새여 도라눕을쌔,
봄이와서 멧나물 도다나올쌔,
아름답은젊은이 압플지날쌔,
니저바렷던드시 저도 모르게,
얼결에생각나는「깊고깊픈언약」

붉 은 潮水

바람에밀녀드는 저붉은潮水

저붉은潮水가 밀어들쩨마다

나 는 저바람우헤 올나서서

푸릇한 구름의옷을 닙고

붉갓든저해를 품에안고

저붉은潮水와 나는함쎄

쒸놀고십구나、저붉은潮水와。

남 의 나 라 쌍

도라다보이는 무쇠다리

얼결에 씌워건너서서

숨그르고 발놋는 남의나라쌍.

千里萬里

맑니지못할만치　몸부림하며

마치千里萬里나　가고도십픈

맘이라고나　하여볼새。

한줄기쏜살갓치　버든이길로

줄곳　치다라　올나가면

불붓는山의、불붓는山의

煙氣는　한두줄기　피여올나라。

生과死

사랏대나 죽엇대나 갓른말을 가지고

사람은사라서 늙어서야 죽나니、

그러하면 그亦是 그럴듯도한일을、

何必코 내몸이라 그무엇이 어쎄서

오늘도 山마루에 올나서서 우느냐。

漁　人

헛된줄모르고나　살면　죠와도!

오늘도　저넘에便　마을에서는

고기잡이　배한隻　길쳐낫다고。

昨年에도　바닷놀이　무섭엇건만。

귀 뚜 람 이

山바람소래。
찬비 뜻는소래。
그대가 世上苦樂말하는날밤에、
순막집불도 지고 귀뚜람이 우러랑。

月色

달빗촌 밝고 귀뚜람이 울쩨는

우둑키 싀멋업시 잡고섯든 그대를

상각하는밤이어, 오오 오늘밤

그대차자다리고 서울로 가나?

바다가 變하야
뽕나무 밧된다고

不運에 우는 그대여

不運에 우는그대여、나는 아노라
무엇이 그대의 不運을 지엇는지도、
부는바람에 날녀、
밀물에 흘녀,
구더진그대의 가슴속도。
모다지나간 나의일이면。
다시금 쏘다시금
赤黄의 泡沫은 북고여라、그대의가슴속의
暗青의이 기어、 거츠른바위
치는물쎠의。

바다가 變하야
생나무 밧된다고

것잡지못할만한 나의이섫을,
져므는봄저녁에 져가는샛님,
저가는샛님을은 나붓기어라.
예로부러 닐녀 오며하는말에도
바다가 變하야 생나무밧된다고.
그러하다, 아름답은靑春의째의
잇다든 온갓것은 눈에설고
다시금 낫모르게되나니、
보아라、그대여、서럽지안은가、
봄에도三月의 져가는날에

붉은피갓치도 쏘다저나리는
저긔저샛닙들을, 저긔저샛닙들을。

黃燭 불

黃燭불、그저도섬앗케
스러저가는푸른窓을 기대고
소리조차업는 흰밤에、
나는혼자 거울에 얼굴을 뭇고
뭇업시 생각업시 드려다보노라。
나는 니르노니、『우리사람들
첫날밤은 꿈속으로 보내고
죽음은 조는동안에 와서、
別죠혼일도업시 스러지고마러라』。

맘에 잇는 말이라고
다할싸 보냐

하소연하며　한숨을지우며

세상을괴롭어하는　사람들이어!

말을남부지안로록　죠히숨임은

다라진이세상의　버릇이라고、오오　그대들!

맘에잇는말이라고　다할싸보냐。

두세番　생각하라、爲先그것이

저부러　밋지고드러가는　장사일진댄。

사는法이　근심은　못같은다고、

남의설음을　남은　몰나라。

말마라、세상、세상사람은

세상에　죠흔이름죠흔말로서

한사람을　속옷마자　벗긴뒤에는

그를　네길거리에　세워노하라、쟝승도　마치한가지。

이무슴일이냐、그날로부터、

세상사람들은　제각금　제脾胃의　헐한갑스로

그의몸갑을　매마쟈고　덥벼들어라。

오오그러면、그대들은이후에라도

하눌을　우러르라、그저혼자、설써나피롭거나。

훗 길

어버이님네들이　외오는말이
『쌀파아들을　기르기는
훗길을보쟈는　心誠이로라』。
그러하다、分明히　그네들도
두어버이름에서　생겻서라。
그러나　그무엇이냐、우리사람!
손드러　가르치든　먼훗날에
그네들이　쏘다시　자라키서서
한길갓치　외오는말이
『훗길을두고가쟈는　心誠으로
아들쌀을　늙도록　기르노랑』。

夫 婦

오오　안해여、 나의사랑!
하늘이　무어준짝이라고
밋고사름이　맛당치안이한가。
아직다시그러랴、 안그러랴?
이상하고　별납은사람의맘、
저몰나라、 참인지、 거즛인지?
情分으로얼근　션두몸이라면。
서로　어그점인들　쓰잇스랴。
限平生이라도半百年
못사는이人生에!
緣分의진실이　그무엇이랴?

나는 말하려노라, 아무러나,

죽어서도 한곳에 무치더랑.

나 의 집

들서에쩌러저　나가안즌메서 詩의

넓은바다의물써뒤에、

나는지으리、나의집을、

다시금　큰길을　압페다　두고。

길로지나가는　그사람들은

제각금　쩌러저서　혼자가는길。

하이한여울턱에　날은점을째。

나는　門싼에　섯서　기다리리

새벽새가　울며지세는그늘로

세상은회게、쏘는　고요하게、

번썩이며　오는아츰부터、

지나가는길손을 눈녀여보며,

그대인가고, 그대인가고。

새 벽

落葉이　발이숨는　못물새에

웃둑웃둑한　나무그림자

물빗조차　어섬프러히쩌오르는데,

나혼자섯노라,　아직도하직도,

東녁하눌은　어둠은가。

天人에도사랑눈물,　구름되여,

외롭은꿈의벼개　흐렷는가

나의님이어,　그러나그러나

고히도붉으스레　물질녀와라

하눌밝고　저녁에　섯는구름。

牛달은　中天에지새일쎄。

구 름

저기저구름을 잡아라면

붉게도 피로물든 저구름을,

밤이면 색갑한저구름을。

잡아라고 내몸은 저멀니로

九萬里긴하눌을 날나건너

그대잠든품속에 안기렷더니,

애스러라, 그리는 못한대서,

그대여、 드르라 비가되여

저구름이 그대한테로 나리거든,

생각하라, 밤저녁、 내눈물을。

녀름의 달밤

外二篇

녀름의 달밤

서늘하고　달밝은녀름밤이어

구름조차　희미한녀름밤이어

그지업시　거룩한하늘로서는

젊음의붉은이슬　저저나려라。

幸福의맘이　도는놉픈가지의

아슬아슬　그늘닙새를

배불녀　귀여도는　어린버레도

아아모든물결은福바다서라。

버더버더　오르는가싀덩굴도

稀微하게흐르는　푸른달빗치

기름가튼煙氣에　멱감을너라。

아아　너무죠와서　잠못드러라。

우긋한풀대들은　춤을추면서

갈닙들은　그윽한노래부를쌔。

오오　내려흔드는　달빗가운데

나타나는永遠을　말로색여라。

자라는　물베이삭　벌에서　불고

마을로　銀슷드시　오는바람은

늑잣추는香氣를　두고가는데

人家들은　잠드러　고요하여라。

하로終日 일하신아기아바지
農夫들도 便安히 잠드러서라。
넝시슭의 어둑한그늘속에선
쇠시랑과호믜쌀 빗치픠여라。

이윽고 식새리의 우는소래는
밤이 드러가면서 더욱자즐때
나락밧가운데의 움물새에는
農女의그림자가 아직잇서라。

달빗촌 그무리며 넓은宇宙에
일허젓다나오는 푸른별이요。
식새리의 울음의넘는曲調요。
아아 깁붐가득한 녀름밤이어。

삼간집에 불붓는젊은목숨의
情熱에목매치는 우리靑春은
서느럽은녀름밤 냅새아래의
희미한달빗속에 나붓기어라。

한째의쟈랑만흔 우리들이어
農村에서 지나는녀름보다도
녀름의달밤보다 더죠흔것이
人間에 이세상에 다시잇스랴。

죠고만피롬음도 내여바리고
고요한가운데서 귀기우리며
흰달의금물결에 櫓를저어라
푸른밤의하눌로 목을노하라。

아아　讚揚하여라　죠흔한쎄를
흘너가는목슘을　만흔幸福을。
너름의어스러　한달밤속에서
움갓튼　즐거음의눈물　흘너라。

오 는 봄

봄날이 오리라고 생각하면서
쓸쓸한진겨울을 지나보내라.
오늘보니 白楊의버든가지에
前에업서 흰새가 안자우러라.

그러나 눈이쌀닌 두던밋테는
그늘이냐 안개냐 아즈랑이냐.
마을들은 곳곳이 움직임업시
저便한눌아래서 平和롭건만.

새들개 짓거리는새치의무리.

바다을바라보며　우는가마귀。

어듸로서　오는지　쫑경소래는

졂은아기　나가는弔曲일너라。

보라　쌔에길손도　머믓거리며

지향업시　갈발이　곳을몰나라。

사뭇치는눈물은　쯧러업서도

하눌을쳐다보는　살음의깁붐。

저마다　외롭음의깁픈근심이

오도가도못하는　망상거림에

오늘은　사람마다　님을어이고

곳을　잡지못하는　서름일너라.

오기를기다리는　봄의소래는

째로 여윈손짓을 울닐지라도

수풀밋테 서리윤머리셀들은

거름거름 피로히 발에감겨라。

물 마 름

주으란새무리는 마른나무의
해지는가지에서 재갈이든째。
온종일 흐르든물 그도困하여
놀지는끌짝이에 목이메든째。

그누가 아랏스랴 한쪽구름도
걸녀서 흐득이는 외롬은嶺을
숨차게 올나서는 여윈길손이
달고쓴맛이라면 다겪근줄을。

그곳이 어듸드냐 南怡將軍이

맘먹어 물써엇든 푸른江물이
지금에 다시흘너 쑥을넘치는
千百里豆滿江이 예서 百十里。

茂山의큰고개가 예가아니냐
누구나 네로부러 義를위하야
싸호다 못이기면 몸을숨겨서
한째의못난이가 되는 법이랑。

그누가 생각하랴 三百年來에
참아 밧지다못할 恨과侮辱을
못니겨 칼을잡고 니러섯다가
人力의다함에서 스러진줄을。

부러진대쪽으로 할을메우고
녹쓸은호믜쇠로 갈을벌너서
茶毒된三千里에 북을울니며
正義의 旗를들든 그사람이어.

그누가 記憶하랴 茶北洞에서
피물든 옷을닙고 웨치든일을
定州城하로밤의 지는달빗헤
애끈친그가슴이 숫기된줄을。

물우의 쓴마름에 아츰이슬을
불붓는山마루에 피엿든꼿츨
지금에 우러르며 나는 우노라
일우며 못일움에 薄한이름을。

바

리

운

몸

우 리 집

이바루
외싸로 와 지나는사람업스니
『밤자고 가자』하며 나는 안저랑

저멀니, 하느便에
배는 쩌나나가는
노래들니며

눈물은
흘너나려라
스르르 나려갑는눈에。

꿈에도생시에도 눈에 선한우리집

쏘 저山 넘어넘어

구름은 가라。

들 도 리

물샛촌
피여
흐러젓서라。

들풀은
들로 한벌가득키 자라놉팟는데、
뱀의헐벗은 묵은옷은
길분전의바람에 날라도라라。

저보아、 곳곳이 모든것은
번썩이며 사라잇서라。

두나래 펼처떨며
소리개도 놉피써서라。

째에 이내몸
가다가 쓰다시 쉬기도하며、
숨에찬 내가슴은
깁붐으로 채와져 사뭇넘처라。

거름은 다시금 쓰더 압프로……

바 리 운 몸

꿈에울고 니러나
들에
나와라。

들에는 소슬비
머구리는 우러라。
풀그늘 어둡은데

뒤집지고 섯보며 머뭇거릴째。
누가 반듸불쌔여드는 수풀속에서
『간다 잘살어라』하며、 노래불너라。

엄 숙

나는혼자 뫼우헤 울나서랴。

소사퍼지는 아츰햇벗헤

풀닙도 번쩍이며

바람은소삭여라。

그러나

아아 내몸의 傷處바든맘이어

맘은 오히려 저푸고압픔에 고요히썰녀라

또 다시금 나는 이한쎄에

사람에게잇는 엄숙을 모다늣기면서。

바라건대는 우리에게우리 의보섭대일쌍이 잇섯더면

나는 쑴꾸엿노라、 동무들과내가 가즈란히
빗새의하로일을 다맛추고
夕陽에 마을로 도라오는쑴을、
즐거히、 쑴가운데。

그러나 집일흔 내몸이어、
바라건대는 우리에게 우리의보섭대일쌍이 잇섯드면!
이처럼 써도르랴, 아츰에점을손에
새라새롭은歎息을 어드면서。

東이랴、 南北이랴、
내몸은　써가나니、 볼지어다、
希望의반짝임은、 별빗치아득임은。
물결쌘　쩌을나라、 가슴에　팔다리에。

그러나　엇지면　황송한이心情을! 날로　나날이　내압페는
자춧가느른길이　너어가랴。나는　나아가리라
한거름、 쏘한거름。보이는山비랄엔
온새벽　동무들　저저혼자……山耕을김매이는。

밧고랑우헤서

우리두사람은
키놉피가득자란 보리밧、밧고랑우헤 안자서랴。
일을畢하고 쉬이는동안의깃븜이어。
지금 두사람의니야기에는 옷치필째。

오오 빗나는太陽은 나려쪼이며
새무리들도 즐겁은노래、노래불너라。
오오 恩惠여、사라잇는몸에는 넘치는恩惠여
모든은군스럽음이 우리의맘속을 차지하여라。

世界의웃든 어듸? 慈愛의하눌은 넙게도덥혓는데、

우리두사람은 일하며, 사라잇섯서、
하눌과太陽을 바라보아라、날마다날마다도、
새라새롭은歡喜를 지어내며、늘 갖튼쌍우해서。

다시한番 活氣잇게 웃고나서、우리두사람은
바람에일니우는 보리밧속으로
호믜들고 드러갓서라、가즈란히가즈란히、
거러나아가는깃붐이어、오오 生命의向上이어。

저 녁 때

마소의무리와 사람들은 도라들고、寂寂히빈들에、
엉머구리소래 욱어저라。
푸른하늘은 더욱낫추、먼山비랄길 어둔데
웃둑웃둑한 드놉픈나무、잘새도 깃드러라。

볼사록 넓은벌의
물빗츨 물쓰림히 드려다보며
고개숙우리고 박은드시 홀로섯서
진한숨을 짓느냐。왜 이다지!

온것을 아주니젓서라、깁흔밤 예서합세

몸이 생각에 가뷔엽고, 맘이 더놉피 써오를째。

문득, 멀지안은갈숩새로

별빗치 솟구어라。

合 掌

들이라。 단두몸이라。 밤빗촌 배여와라。

아、 이거봐、 우거진나무아래로 달드러라。

우리는 말하며거럿서라、 바람은 부는대로。

燈ㅅ불빗헤 거리는해적여라、 稀微한하느便에

고히밝은그림자 아득이고

픽도갓가힌、 풀밧테서 이슬이번썩여라。

밤은 막깁퍼、 四方은 고요한데、

이마즉、 말도안하고、 더안가고、

길새에 우둑허니。 눈감고 마주섯서。

먼먼山。 山멸의멸 鍾소래。 달빗츤 지새여라。

默 念

이슥한밤、 밤긔운 서늘할제

홀로 窓턱에거러안자、 두다리 느리우고、

첫머구리소래를 드러라。

애처롭게도、 그대는민첩 혼자서잠드누나。

내몸은 생각에잠잠할째。 희미한수풀로서

村家의 厄맥이祭지나는 불빗촌 새여오며、

이윽고、 비난수도머구소리와합세 자자저라。

가득키차오는 내心靈은……하늘과쌍사이에。

나는 무심히 니러거러 그대의잠든몸우헤 기대여라

움직임 다시업시、 萬籟는 俱寂한데、

熙耀히 나려빗추는 별빗들이

내 몸을 잇그러라、 無限히 더갓갑게。

孤

獨

悅樂

어둡게깁게　목메인하늘。

꿈의품속으로서　구러나오는

애달피잠안오는　幽靈의눈결。

그림자검은　개버드나무에

쏘다쳐나리는　비의줄기는

흘늣겨빗기는　呪文의소리。

싀검은머리채　푸러헷치고

아우성하면서　가시는써님。

헐버슨버레들은　쑴트릴째、

黑血의바다。　枯木洞屈。

啄木鳥의
쪼아리는소리、 쪼아리는소리。

무 덤

그누가 나를헤내는 부르는소리

붉으스럼한언덕, 여긔저긔

돌무덕이도 음즉이며, 달빗헤,

소리만남은노래 서러워엉겨라,

옛祖上들의記錄을 무더둔그곳!

나는 두루찻노라, 그곳에서,

형적업는노래 흘너퍼저,

그림자가득한언덕으로 여긔저긔,

그누구가 나를헤내는 부르는소리

부르는소리, 부르는소리,

내넉슬 잡아쓰러헤내는 부르는소리。

비난수하는 맘

합세하려노라、 비난수하는나의맘、
모든것을 한집에묵거지고가기까지、
아츰이면 이슬마즌 바위의붉은줄로、
귀여오르는해를 바라다보며、 입을버리고。

써도러라、 비난수하는맘이어、 갈메기가치、
다만 무덤쑨이 그늘을얼는이는 하눌우흘、
바다싸의。 일허바린세상의 잇다든모든것들은
차라리 내몸이죽어가서업서진것만도 못하건만。

쓰는 비난수하는나의맘、 헐버슨山우헤서、
써러진닙 타서오르는、 낸내의한줄기로、

바람에나붓기랴 저녁은、 호러진거의줄의

밤에매듣든이슬은 곳다시 써러진다고 할지라도

함께하려하노라、 오오 비난수하는나의맘이어、

잇다가업서지는세상에는

오직 날파날이 닭소래와함께 다라나바리며、

갓가웁는、오오 갓가웁는 그대뿐이 내게잇거라!

찬 저 녁

피르스럿한달은、 성황당의

데 군데 군허러진 담모도리에

우둑키걸니웟고、 바위우의

가마귀한쌍、 바람에 나래를펴랑。

엉귀한무덤들은 들먹거리며、

눈녹아 黃土드러난 멧기슭의、

여긔라、 거리불빗도 쩌러저나와、

집짓고 드릿노라、 오오 가슴이어

세상은 무덤보다도 다시멀고

눈물은　물보다　더덥음이　업서라。
오오　가슴이어, 모닥불피여오르는
내한세상、마당씨의가을도　갓서라。

그러나　나는, 오히려　나는
소래를드러라, 눈석이물어　씨어리는,
쌍우헤누엇서、 밤마다　누어,
담모도리에　걸닌달을　내가　쏘봄으로。

招 魂

산산히 부서진이름이어!
虛空中에 헤여진이름이어!
불너도 主人업는이름이어!
부르다가 내가 죽을이름이어!

心中에남아잇는 말한마듸는
끗끗내 마자하지 못하엿구나.
사랑하든 그사람이어!
사랑하든 그사람이어!

붉은해는 西山마루에 걸니웟다.

사슴이의무리도 슬피운다.

쩌러저나가안즌 山우헤서

나는 그대의이름을 부로노라.

서름에겹도록 부르노라.

서름에겹도록 부르노라.

부르는소리는 빗겨가지만

하눌과쌍사이가 넘우넓구나.

선채로 이자리에 돌이되여도

부르다가 내가 죽을이름이어!

사랑하든 그사람이어!

사랑하든 그사람이어!

旅

愁

旅愁

一

六月어스름째의　빗줄기는
暗黃色의屍骨을　묵거세운듯、
쓰며흐르며　잠기는손의　넙쑥은
支向도　업서라、丹靑의紅門！

二

저 오늘도 그립은바다,

건너다보자니 눈물겨워라!

조고마한보드람은 그옛적心情의

분결갓든 그대의손의

사시나무보다도 더한압픔이

내몸을에워싸고 휘썰며찔너라,

나서자란故鄉의 해돗는바다요.

진

달

내

꽃

개여울의 노래

그대가 바람으로 생겨낫스면!
달돗는 개여울의 빈들속에서
내옷의 압자락을 불기나하지.

우리가 굼벙이로 생겨낫스면!
비오는 저녁 캄캄한 녕긔슭의
미욱한 꿈이나 쑤어를 보지.

만일에 그대가 바다난긋의
벼랑에 돌로나 생겨낫드면,
둘이 안고굴며 써러나지지.

만일에 나의몸이 불鬼神이면

그대의가슴속을 밤도아 태와

둘이합세 재되여스러지지。

길

어제도하로밤
나그네집에
가마귀 가왁가왁　울며새엿소。

오늘은
쏘멧十里
어듸로　갈싸。

山으로　올나갈싸
들로　갈싸
오라는곳이업서　나는　못가오。

말마소 내집도
定州郭山
車가고 배가는곳이라오。

여보소 공중에
저기러기
공중엔 길잇섯서 잘가는가?

여보소 공중에
저기러기
열十字복판에 내가 섯소。

갈내갈내 갈닌길

길이라도

내게 바이갈길은 하나업소。

개 여 울

당신은 무슨일로
그리합니까?
홀로히 개여울에 주저안저서

잔물은 봄바람에 해적일째에
도다나오고
파릇한풀포기가

가도 아주가지는
안노라시든
그러한約束이 잇섯겟지요

날마다　개여울에

나와안자서

하염업시　무엇을생각합니다

가도　아주가지는

안노라심은

구지닛지말라는　부탁인지요

가 는 길

그립다
말을할까
하니 그리워

그냥 갈까
그래도
다시 더 한番……

저山에도 가마귀, 들에 가마귀,
西山에는 해진다고
지저귑니다。

압江물、 뒷江물、
흐르는물은
어서 따라오라고 따라가자고
흘너도 년다라 흐릅듸다려。

徃十里

비가 온다
오누나
오는비는
을지라도　한닷새　왓스면죠치。

여드래　스무날엔
온다고　하고
초하로　朔望이면　간다고햇지。
가도가도　徃十里　비가오네。

웬걸, 저새야

울냐거든

往十里건너가서　울어나다고,

비마자　나른해서　빌새가　운다.

天安에삼거리　실버들도
촉촉히저젓서　느러젓다데。

비가와도　한닷새　왓스면죠치。

구름도　山마루에　걸녀서　운다。

鴛鴦枕

바드득 너를갈고
죽어볼써요
窓새에 아롱아롱
달이 빗춘다

눈물은 새우잠의
팔굽벼개요
봄쎵은 잠이업서
밤에 와 움다。
두동달이벼개는

어듸갓는고
언제 는 둘이자든 벼개머리에
『죽쟈 사쟈』언약도 하여 보앗지。

봄에의 멧기슭에
우는접동도
내사랑 내사랑
죠히올것다。

두동달이 벼개는
어듸갓는고
窓새에 아롱아롱
달이 빗춘다。

無心

싀집와서 三年
오는봄은
거츤벌난벌에 왓슴니다

거츤벌난벌에 피는꼿춘
졋다가도 픠노라 니릅되다
소식업시 기다린
이태三年

바로가든 압江이 간봄부러
구뷔도라쥐도라 흐른다고

그러나 말마소, 압여울의
물빗촌 예대로 푸르럿소

싀집와서 三年
어느쌔나
러진개 개여울의여 울물은
거츤별난벌에 흘넛습니다。

山

山새도　오리나무
우헤서　운다
山새는　왜우노, 시메山골
嶺넘어　갈나고　그래서　울지。

눈은나리네、와서덥피네。
오늘도　하롯길
七八十里
도라섯서　六十里는　가기도햇소。

不歸、不歸、다시不歸、

三水甲山에 다시不歸。

사나희속이라 니즈련만,

十五年정분을 못닛겟네

산에는 오는눈, 들에는 녹는눈。

山새도 오리나무

우헤서 운다。

三水甲山가는길은 고개의길。

진달내쏫

나보기가 역겨워
가실째에는
말업시 고히 보내드리우리다

寧邊에 藥山
진달내쏫
아름따다 가실길에 쑤리우리다

가시는거름거름
노힌그쏫츨
삽분히 즈려밟고 가시옵소서

나보기가　역겨워
가실때에는
죽어도아니　눈물흘니우리다

朔州龜城

물로사흘   배사흘
먼三千里
더더구나   거러넘는   먼三千里
朔州龜城은   山을넘은六千里요

물마자   함쌕히저즌   제비도
가다가   비에걸녀   오노랍니다
저녁에는   놉푼山
밤에   놉푼山

朔州龜城은   山넘어

먼六千里
가끔가끔 꿈에는 四五千里
가다오다 도라오는길이겟지요

서로 써난몸이길내 몸이그리워
님을 둔곳이길내 곳이그리워
못보앗소 새들도 집이그리워
南北으로 오며가며 안이합되사

들숫헤 나라가는 나는구름은
밤쯜은 어듸 바로 가잇슬렌고
朔州龜城은 山넘어
먼六千里

널

城村의 아가씨들
널뛰노나
초파일 날이라고
널을뛰지요

바람부러요
바람이 분다고!
담안에는 垂楊의버드나무
彩色줄 層層그네 매지를마라요

담밧게는垂楊의느러진가지

느러진가지는

오오 누나!

휘젓이 느러저서 그늘이깁소。

죠라 봄날은

몸에겹지

널쒸는 城村의아가씨네들

널은 사랑의 버릇이라오

春香과 李道令

平壤에 大同江은
우리나라에
곱기로 엇듬가는 가람이지요

三千里가다가다 한가운데는
웃둑한三角山이
숫기도햇소

그래 울소 내누님, 오오 누이님
우리나라섬기든 한옛적에는
春香과 李道令도 사랏다지요

이便에는 咸陽、 저便에 潭陽、
꿈에는 가끔가끔 山을넘어
烏鵲橋차자차자 가기도햇소.

그래 올소 누이님 오오 내누님
해돗고 달도다 南原성에는
成春香아가씨가 사랏다지요

접 동 새

접동
접동
아우래비접동

津頭江가람까에 살든누나는
津頭江압마을에
와서웁니다

옛날、우리나라
먼뒤쏙의
津頭江가람까에 살든누나는

이붓어미시샘에　죽엇습니다

누나라고　불녀보랴
오오　불설워
시새음에　몸이죽은　우리누나는
죽어서　접동새가　되엿습니다

아웁이나　남아되든　오랩동생을
죽어서도　못니저　참아못니저
夜三更　남다자는　밤이깁프면
이山　저山　올마가며　슬피웁니다

집 생 각

山에나 올나섯서
바다를 보라
四面에 百열里、滄波중에
客船만 둥둥……떠나간다。

名山大刹이 그 어듸메냐
香案、香榻、대그릇에、
夕陽이 山머리넘어가고
四面에 百열里、물소래라

『젊어서 못갓든 오늘날로

錦衣로　還故鄕하옵소사。」

客船만　충충……써나간다

四面에　百열里, 나어씨갈써

사로리도　山속에　색기치고

他關萬里에　와잇노라고

山ㅅ중만　바라보며　목메인다

눈물이　압플가리운다고

들어나　나려오면

치어다　보라

해님과달님이　넘나든고개

구름만　첩첩……써도라간다

山有花

山에는 꼿픠네
꼿치픠네
갈 봄 녀름업시
꼿치픠네

山에
山에
픠는꼿촌
저만치 혼자서 픠여잇네

山에서우는 적은새요

꽃치죠와
山에서
사노라네

山에는　꽃지네
꽃치지네
갈　봄　녀름업시
꽃치지네

꽃燭불 켜는 밤

촛燭불 켜는 밤

촛燭불켜는밤、 깁픈골방에 맛나라。

아직젊어 모를몸、 그래도 그들은

『해달갓치 밝은맘、 저저마다 잇노랑。』

그러나 사랑은、 한두番만 안이라、 그들은모르고。

촛燭불켜는밤、 어스러한窓아래 맛나라。

아직압길 모를몸、 그래도 그들은

『솔대갓치 구든맘、 저저마다 잇노랑。』

그러나 세상은、 눈물날일 만하랴、 그들은모르고。

富貴功名

거울드러　마주온　내얼플을
좀더　미리부러　아랏던들!

늙는날　죽는날을
사람은　다　모르고　사는탓에、
오오　오직　이것이　참이라면、

그러나　내세상이　어되인지?
지금부러　두여들　죠흔年光
다시와서　내게도　잇슬말로
前보다　좀더　前보다　좀더

살음즉이　살넌지　모르련만。
거울드러　마주온　내얼골을
좀더　미리부러　아랏던들!

追 悔

낫분일새지라도 生의努力、

그사람은 善事도 하엿서라

그러나 그것도 虛事라고!

나亦是 알지마는、우리들은

뭇뭇내 고개를 넘고넘어

집싯고 닷든말도 술막집의

虛廳세、夕陽손에

고요히 조으는한쩨는 다 왓나니、

고요히 조으는한쩨는 다 왓나니。

無　信

그대가　도리켜　무를줄도　내가　아노라,

『무엇이　無信함이잇더냐?』하고,

그러나　무엇하랴　오늘날은

야속히도　당장에　우리눈으로

볼수업는그것을,　물과갓치

흘너가서　엄서진맘이라고　하면。

김은구름은　멧기슭에서　어정거리며,

애처롭게도　우는山의사슴이

내품에　속속드리붓안기는듯。

그러나　밀물도　세이고　밤은어둡어

닷주엇든 자리는 알길이업서랑

市井의흥정일은

外上으로 주고 밧기도하젓마는。

꿈 길

물구슬의 봄새벽 아득한길

하늘이며 들사이에 널븐숩

저즌香氣 붉읏한넘우의길

실그물의 바람비처 저즌숩

나는 거러가노라 이러한길

밤저녁의 그늘진 그대의꿈

흔들니는 다리우 무지개길

바람조차 가을봄 거츠는꿈

사 노 라 면

사 람 은 죽 는 것 을

하로라도　멫番식　내생각은
내가　무엇하라고　살랴는지?
모르고　사랏노라、그럼말로
그러나　흐르는　저냇물이
흘너가서　바다로　든댈진댄。
일로조차　그러면、이내몸은
애쓴다고는　말부러　니즈리라。
사노라면　사람은　죽는것을
그러나、다시　내몸、
봄빗의불붓는　사태흙에
집짓는　저개아미

나도 살려하노라, 그와갓치
사는날 그날세지
살음에 즐겁어서,
사는것이 사람의본 듯이면
오오 그러면 내몸에는
다시는 애쓸일도 더업서라
사노라면 사람은 죽는것을。

하다못해
죽어달내가올나

아조 나는 바랄것 더업노라
빗치랴 허공이랴,
소리만남은 내노래를
바람에나 씌워서보낼밧게.
하다못해 죽어달내가올나
좀더 놉픈데서나 보앗스면!

한세상 다 살아도
살은뒤 업슬것을,
내가 다 아노라 지금써지
사랏서 이만큼 자랏스니.

예전에 지나본모든일을
사랏다고 너를수잇슬진댄!

물새의 다라저널닌 굴섭풀에
붉은가시덤불 버더늙고
어득어득 접은날을
비바람에울지는 돌무덕이
하다못해 죽어달내가올나
밤의고요한쌔라도 직켯스면!

希望

날은저물고　눈이나려라
낫서른물까으로　내가왓슬째。
山속의　을뱀이　울고울며
쩌러진닙들은　눈아래로　쌀녀라

아아　蕭殺스럽은風景이어
智慧의눈물을　내가　어들째！
이제금　알기는　알앗건만은！
이세상　모든것을
한갓　아름답은눈얼님의
그림자쑨인줄을。

이우러　香氣깊픈　가을밤에

우무주러진　나무그림자

바람과비가우는　落葉우헤。

展望

부엇한하늘、날도　채밝지안앗는데、

흰눈이　우멍구멍　쌔운새벽、

저　남便물새우혜

이상한구름은　層層臺쩌 올나라。

마을아기는

무리지어　書齋로　올나들가고、

쇠집사리하는　젊은이들은

가금가금　움물길　나드러라。

蕭索한欄干우흘　건일으며

내가 볼쌔 온아츰、 내가슴의、

좀펴옴진 그림張이 한넙풀、

한갓 더운눈물로 어룽지게。

억개우헤 銃메인산양바치

半白의머리털에 바람불며

한번 다름박질。 올길 다왓서랑。

흰눈이 滿山遍野 쌔운아츰。

나는 세상 모르고 사랏노라

『가고 오지못한다』하는 말을
철업든 내귀로 드럿노라。
萬壽山을나서서
옛날에 갈나선 그내님도
오늘날 뵈올수잇섯스면

나는 세상모르고 사랏노라、
苦樂에 겨운입술로는
갓튼말도 죠꼼더 怜悧하게
말하게도 지금은 되엿건만。
오히려 세상모르고 사랏스면!

『도라서면 모심라』고 하는말이

그 무슨 뜻인줄을 아랏스랴。

晞昔山붓는불은 옛날에 갈나선 그내님의

무덤엣풀이라도 태왓스면!

金

잔

듸

金 잔 듸

잔듸、

잔듸、

금잔듸、

深深山川에　붓는불은

가신님　무덤싸에　금잔듸

봄이　왓네、　봄빗치　왓네

버드나무씃테도　실가지에。

봄빗치　왓네、　봄날이　왓네

深深山川에도　금잔듸에。

江 村

날저물고 둣는달에
흰물은 쏼살……
금모래 반짝……。
靑노새 몰고가는 郞君!

여긔는 江村
江村에 내몸은 홀로 사네。
말하자면、나도 나도
느즌봄 오늘이 다 盡토록
百年妻眷을 울고가네。

길쎄 저믄 나는 선배、
당신은 江村에 홀로된몸。

첫 치 마

봄은　가나니　저믄날에,
꼿촌　지나니　저믄봄에,
속업시　우나니、지는꼿츨,
속업시　늣기나니　가는봄을
꼿지고　닙진가지를　잡고
밋친듯　우나니、집난이는
해다지고　저믄봄에
허리에도　감은첫치마를
눈물로　함색히　쥐여짜며
속업시　우노나　지는꼿츨,
속업시　늣기노나、가는봄을。

달 마 지

正月대보름날   달마지、
달마지   달마중을、 가쟈고！
새라새옷은   가라닙고도
가슴엔   묵은설음   그대로、
달마지   달마중을、 가쟈고！
달마중가쟈고   나웃집들！
山우헤水面에   달소슬째、
도라들가쟈고、 나웃집들！
모작별삼성이   쩌려질째。
달마지   달마중을   가쟈고！
다니든옛동무   무덤싸에
正月대보름날   달마지！

엄마야 누나야

엄마야　누나야　江邊살쟈、
뜰에는　반짝는　金금래빗、
뒷門밖게는　갈닙의노래
엄마야　누나야　江邊살쟈。

닮은

씨앗요

닭은 쇠우요

닭은 쇠우요, 쇠우요 울제、
헛잡으니 두팔은 밀녀낫네。
애도라리만치 기나진밤은……
꿈세친뒤엔 감도록 잡아니오네。

우헤는靑草언덕、곳은 김섬、
엇저뷕대인 南浦배싼。
몸을 잡고뷔재며 누엇스면
솜솜하재도 감도록 그리워오네。

아모리 보아도

밝은燈불、 어스렷한데。

감으면 눈속엔 흰모래밧、

모래에 얼인안개는 물우헤 슬제

大同江뱃나루에 해도다오네。

大正十四年十二月二十三日 印刷
大正十四年十二月二十六日 發行

진달내꼿

〔定價壹圓二十錢〕

著作兼
發行者　京城府蓮建洞一二一番地　金廷湜

印刷者　京城府堅志洞三十二番地　魯基禎

印刷所　京城府堅志洞三十二番地　漢城圖書株式會社

發行所　京城府蓮建洞一二一番地　賣文社
　　　　振替京城一三八三三

總販賣所　京城府鍾路二丁目四十二番地　中央書林
　　　　振替京城七四五一番
　　　　電話光化門一六三七番

복각본 진달래꽃

초판 인쇄　2025년 2월 10일
초판 발행　2025년 2월 17일

지은이_김소월
펴낸이_한봉숙
펴낸곳_푸른사상사

주간 · 맹문재 | 편집 · 지순이 | 교정 · 김수란
등록 · 1999년 7월 8일 제2-2876호
주소 · 경기도 파주시 회동길 337-16(서패동 470-6)
대표전화 · 031) 955-9111~2 | 팩시밀리 · 031) 955-9114
이메일 · prun21c@hanmail.net
홈페이지 · http://www.prun21c.com

ISBN 979-11-308-2220-4　　02810

값 15,000원